Jenny Nimmo · Im Garten der Gespenster

Jenny Nimmo

Im Garten der Gespenster

Aus dem Englischen übersetzt von Anne Braun

Zeichnungen von Isabelle Dinter

Loewe

Die Deutsche Bibliothek– CIP-Einheitsaufnahme

Nimmo, Jenny:
Im Garten der Gespenster / Jenny Nimmo.
Aus dem Engl. von Anne Braun. Ill.: Isabelle Dinter.
1. Aufl.. – Bindlach : Loewe, 2002
(Lesekönig)
ISBN 3-7855-4093-0

Der Umwelt zuliebe ist dieses Buch auf chlorfrei gebleichtem Papier gedruckt.

ISBN 3-7855-4093-0 – 1. Auflage 2002
Titel der Originalausgabe: *The Owl-Tree*

Aus dem Englischen übersetzt von Anne Braun
Umschlagillustration: Jan Birck
Reihengestaltung: Rooobert Bayer
Gesamtherstellung: Clausen & Bosse, Leck
Printed in Germany

www.loewe-verlag.de

Inhalt

Das Zimmer zum Garten

Als Großmutter Diamond Joe in das kleine Zimmer führte, das auf den Garten hinter dem Haus hinausging, bekam er einen Schreck. Das Zimmer war so dunkel und kalt. Doch dann zog sie die Vorhänge zur Seite und sagte: „Schau, Joe! Der Eulenbaum. Ist er nicht ein herrlicher Anblick?"

„Der Eulenbaum?"

Als Joe zum Fenster hinausblickte, sah er ein Meer von Blättern: rot, grün und goldfarben. Sie veränderten ihre Farbe im Wind und rieselten in einem leuchtenden Farbenschauer in Großmutter Diamonds Garten. Solche Bäume gab es in der Stadt nicht. Ein jähes Gefühl des Staunens ergriff ihn. „Der ist ja riesig", sagte er andächtig. „Warum nennst du ihn ‚Eulenbaum'?"

„Vor langer, langer Zeit sah ich einmal eine Eule darin sitzen“, erklärte ihm Großmutter Diamond. „Sie thronte auf einem der Äste ganz oben im Wipfel, genau vor der runden Scheibe des Vollmonds. Damals ging es mir nicht sehr gut. Doch als ich die Eule sah, fühlte ich mich auf einen Schlag wieder besser.“

„Hast du sie danach noch öfter gesehen?“

„Oh, ja, häufig. Aber eines Tages war sie verschwunden. Und seither frage ich mich manchmal, ob ich sie wirklich gesehen habe oder sie mir nur eingebildet habe, um mich aufzuheitern.“

„Ich glaube, die Eule gab es wirklich“, sagte Joe.

„Kann sein, jedenfalls hält mich der Eulenbaum inzwischen am Leben. Ich betrachte ihn jeden Tag. Er leistet mir Gesellschaft.“

Gesellschaft? Großmutter Diamond hörte sich an, als wäre der Baum ein Freund, der mit ihr redete. War er etwa ein verzauberter Baum? Joe betrachtete ihn genauer. Dabei fiel ihm auf, dass sich die Äste zwar über Großmutters Garten erstreckten, der Stamm selbst jedoch auf der anderen Seite der Mauer wuchs. „Es ist ja gar nicht dein Eulenbaum“, sagte er. „Er wächst im Nachbargarten.“

„Aber die Äste gehören mir. Sie befinden sich über meinem Grundstück“, antwortete Großmutter etwas unwirsch.

Auf einmal sah Joe, dass sich unter dem Baum etwas bewegte. Ein Mann in einem dunklen Kapuzenmantel fegte die Blätter zusammen. „Wer ist das?“, fragte Joe und deutete mit dem Kopf auf die Gestalt.

„Mein Nachbar, Herr Stein", antwortete Großmutter kühl.

„Dann gehört der Eulenbaum also ihm!"

„Das darfst du nicht sagen, Joe!" Mit zusammengekniffenen Lippen und einem finsteren Blick trat Großmutter einen Schritt vom Fenster weg. „Sag deiner Schwester, dass das Abendessen in einer halben Stunde fertig ist."

„Habe ich etwas Falsches gesagt?", fragte sich Joe verwundert.

Er rannte über den Flur in das Zimmer seiner Schwester. Minna saß auf dem Bett unter dem Bild eines Engels. Der Engel hatte ein blasses Gesicht und goldene Haare, Minna hingegen war dunkelhaarig. Im Moment blickte sie mürrisch und nachdenklich drein.

„Bist du sauer?", fragte Joe. „Du hast doch das Zimmer bekommen, das du haben wolltest."

„Ich bin nicht sauer", fauchte Minna. „Ich wäre nur gern daheim gewesen, wenn das Baby auf die Welt kommt."

Ihre Mutter war zurzeit im Krankenhaus, weil sie ein Baby erwartete. Es hätte schon vor einer Woche geboren werden sollen. Niemand hatte Zeit, jetzt in den Herbstferien auf Joe und Minna aufzupassen. Niemand, außer Großmutter Diamond.

„Ich bin gerne hier“, sagte Joe. „Von meinem Fenster aus kann man einen Eulenbaum sehen.“

Er hatte erwartet, dass Minna fragen würde, was ein Eulenbaum ist, doch sie schien sich kein bisschen dafür zu interessieren. „Und, was ist an einem Eulenbaum so toll?“, murmelte sie nur griesgrämig und nahm ein Buch in die Hand.

Joe seufzte. Er hoffte nur, dass seine Schwester nicht die ganze Woche mies gelaunt sein würde. Sie war älter als er, älter und viel mutiger. Wenn sie etwas haben wollte, kämpfte sie dafür und bekam es auch fast immer.

Joe ging in sein Zimmer zurück und schaute hinaus auf den Garten von nebenan. Herr Stein war noch dort und starrte zum Eulenbaum hinauf. Obwohl Joe sein Gesicht nicht sehen konnte, spürte er deutlich, dass der alte Mann nicht lächelte. Von der großen, reglosen Gestalt ging etwas Grimmiges, Unfreundliches aus.

Auf einmal begann der Baum heftig zu beben, und eine Wolke winziger Vögel stob in die Luft. Da wusste Joe, dass der Eulenbaum Angst vor Herrn Stein hatte.

Gespensterfratzen

„Oma, bist du mit Herrn Stein befreundet?“, fragte Joe beim Abendessen.

„Nein“, erwiderte sie. „Mein Nachbar lebt sehr zurückgezogen.“

„Sieht er auch so aus?“, fragte Minna. „Ich meine, wie ein Stein.“

„Hm ...“ Großmutter Diamond zögerte zuerst. „Ja, er sieht etwas merkwürdig aus“, sagte sie dann.

„Warum?“ Es war das erste Mal an diesem Tag, dass sich Minnas Miene aufhellte. „Hat er eine komische Nase? Oder Hörner auf dem Kopf?“ Sie hob die Hände an den Kopf und machte sich mit den ausgestreckten Zeigefingern Hörner. „Oder böse funkelnde, rote Augen? Ist er sehr alt?“ Minna hörte überhaupt nicht mehr auf zu fragen.

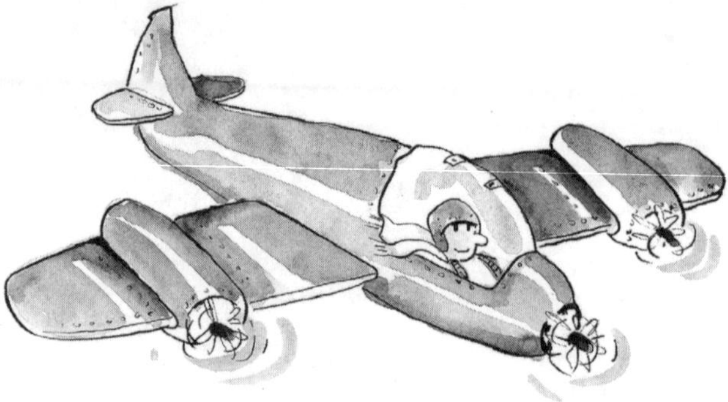

„Er dürfte etwa in meinem Alter sein", antwortete Großmutter. „Und er ist ein sehr tapferer Mann. Ein Held. Während des Kriegs war er Kampfflieger, und einmal wurde sein Flugzeug abgeschossen und ging in Flammen auf."

„Wow – uuuh – peng!", rief Minna, hob ihre rechte Hand und ließ sie dann wie ein Flugzeug nach unten sausen.

„Hat ihn dieses Erlebnis verändert?", erkundigte sich Joe ernsthaft.

„Oh ja." Großmutter Diamond blickte stirnrunzelnd auf Minna, deren Hände sich nun über ihrem Kopf einen wilden Kampf lieferten. „Dadurch ist er ziemlich ... menschenscheu geworden. Ich habe versucht, mich mit ihm anzufreunden, aber es war zwecklos."

Joe konnte seinen Teller nicht leer essen. Er musste ständig an den Mann denken, der vom Himmel herabgestürzt war. Joe hatte panische Angst davor zu fallen. Deshalb kletterte er auch nie auf Bäume. Minna dagegen tat das für ihr Leben gern.

Großmutter Diamond strich Joe über den Kopf. „Geht ihr zwei ruhig spielen", sagte sie. „Ich kümmere mich um das Geschirr."

Es war schon zu dunkel, um nach draußen zu gehen. Joe stellte sich an eines der Fenster im Esszimmer, während Minna Fernsehen schaute. Plötzlich zuckte Joe zusammen. Schaurige Geräusche drangen durch die Dunkelheit, eine Art gespenstisches Gejohle, dann Gelächter, gefolgt von einem durchdringenden Schrei. Gleich darauf entfernten sich drei funkelnde Lichter hüpfend vom Nachbarhaus.

„Minna, schau!", rief Joe.

Minna trat ans Fenster. Sie warf nur einen Blick auf die hüpfenden Lichter, als sie auch schon ausrief:

„Hey, heute ist Halloween! Wegen der Reise hierher und allem habe ich es total vergessen. Komm mit!“ Und schon stürmte sie zur Haustür hinaus und brüllte: „Hierher!“

Die drei Lichter bewegten sich nun auf Großmutters Gartentür zu, und eine Stimme krächzte: „Eine milde Gabe für einen armen Geist, sonst wird er gleich ganz frech und dreist.“

„Moment, ich hole Oma. Sie hat bestimmt etwas für euch!“ Minna rannte wieder ins Haus. Als Joe ihr hinterher wollte, befahl sie ihm: „Joe, du bleibst hier!“

Also wartete Joe, obwohl er viel lieber seiner Schwester gefolgt wäre. Es war dunkel im Garten, und die drei gespenstischen Gestalten waren in weiße Bettlaken gehüllt. Die flackernden Kerzen im Inneren der ausgehöhlten Kürbisse, die sie in der Hand hielten, strahlten nicht viel Licht ab. In die Kürbisse waren glühende Gespensterfratzen eingeritzt.

Joe wusste natürlich, dass sich unter den weißen Tüchern Kinder verbargen. Doch er konnte ihre Gesichter in dem geheimnisvoll flackernden Lichtschein nicht sehen. Eine der Gestalten sagte: „Hallo!“ und zog sich das Bettlaken vom Kopf. „Was ist das für ein Gefühl, neben einem leibhaftigen Monster zu wohnen?“

„Einem Monster?“, fragte Joe verblüfft und machte einen Schritt rückwärts.

Ein weiteres Bettlaken wurde von einem Kopf gezogen. Nun konnte Joe zwei Jungen sehen, größer als er selbst, mit hellen, lockigen Haaren.

„Ja, neben einem Monster“, wiederholte der zweite Junge in einem unheimlichen, rauen Flüsterton.

„Warum ist er ein Monster?“ Joe machte vorsichtshalber einen weiteren Schritt zurück.

„Er hat so ein unheimliches Gesicht“, erklärte der erste Junge. „Und er knurrt einen nur an und ist gemein.“

Joe hatte keine Zeit, mehr zu erfahren, denn in diesem Augenblick kam Großmutter Diamond mit einem Tablett mit Orangensaft und heißen Apfeltaschen aus dem Haus. Minna ging neben ihr und hielt eine Laterne, um den Weg zu beleuchten. Als sie sich damit den drei Gespenstern näherte, wirkten diese gleich etwas menschlicher. Joe sah zwei sommersprossige Gesichter mit genau demselben Grinsen.

„Eine Gabe für die Geister“, sagte Großmutter Diamond und stellte das Tablett auf dem breiten Gartenmäuerchen ab. „Hey, ihr Geister! Darf ich euch Joe und Minna vorstellen?“

„Hallo!“ Wie der Blitz waren die Zwillinge bei dem Tablett und griffen gierig nach den Apfeltaschen. Als das kleinste der drei Gespenster seine Kapuze zurückfallen ließ, sah Joe einen ernsthaft dreinblickenden Jungen. Er hatte dieselben blonden Haare wie die Zwillinge, jedoch keine Locken, und er lächelte auch nicht.

„Das sind die Ludds-Kinder“, erklärte Großmutter Joe und Minna. „Roger, Jan und Alex. Wart ihr schon bei meinem Nachbarn?“, fragte sie die Jungen.

Während der schweigsame Alex nur den Kopf schüttelte, sprudelte einer der Zwillinge gleich los: „Wir sind nicht ... bis an die Haustür gegangen. Wir haben nur ein bisschen vor den Fenstern herumgespukt."

„Tz, tz, tz ...", machte Großmutter und schnalzte mit der Zunge. „Wenn ihr anständig geklopft hättet, hätte er euch vielleicht etwas gegeben."

„Nie im Leben", widersprach Roger mit Entschiedenheit. „Der nicht!"

Minna stellte die Laterne auf dem Mäuerchen ab und schlug mehrere Räder im dunklen Garten. Die überraschten Zwillinge schauten ihr andächtig und bewundernd zu und fragten dann: „Kommst du auch zum großen Herbstfeuer? Das gibt ein Riesenfest mit Feuerwerk und allem Drum und Dran." Von Joe nahmen sie keine Notiz. Der schweigsame Alex warf immer wieder besorgte Blicke zum Nachbarhaus hinüber, während er in seine Apfeltasche biss.

„Kann sein.“ Minna stand nun wieder auf den Beinen, die Hände in die Hüften gestützt, und schnappte nach Luft.

„Dieses Jahr kommt alles auf einmal“, sagte Großmutter. „Geister, Herbstfeuer und Babys.“

Die Ludds hatten die Apfeltaschen inzwischen aufgegessen und riefen im Davonrennen: „Wir müssen noch zu fünf Häusern und spuken. Danke, Großmutter Diamond. Bis bald, Minna!“ Für Joe hatten sie kein Wort übrig.

Minna und Großmutter kehrten ins Haus zurück, doch Joe ging ein paar Schritte näher zu der Mauer, die die beiden Gärten trennte. Angestrengt starrte er zum Haus des Monsters hinüber. Darin brannte kein einziges Licht. Man sah auch nicht das bläuliche Flackern eines Fernsehers und kein Feuer im Kamin. Ob Herr Stein wohl ganz allein im Dunkeln saß? Was machte er da?

Als Joe an diesem Abend in seinem kleinen Zimmer lag, dachte er darüber nach, ob er eines Tages auch so ein Wildfang werden würde wie Minna. Würde er einmal so schlagfertig und mutig werden wie sie und die anderen überraschen können? Er war kein bisschen müde. Am liebsten wäre er in den Garten hinausgegangen. Doch er begnügte sich damit, noch einmal aus dem Bett zu klettern und nachzuschauen, ob der Mond schien.

Der Himmel war mit Sternen übersät und der Mond halb hinter dem Baum versteckt. Im Nachbargarten fiel ein längliches Viereck von hellem Licht auf das frostige Gras. Ein langer Schatten bewegte sich in dem Lichtfleck und kam in bedrohliche Nähe des Eulenbaums.

Der Baum bebte, und seine gefrorenen Blätter gaben ein merkwürdiges, trauriges Geräusch von sich. Joe rannte ins Bett zurück. Warum hatte der Baum solche Angst vor dem Monster?

Schlechte Neuigkeiten

Am nächsten Morgen beim Frühstück platzte Minna fast vor Ideen, die sie den anderen voller Eifer mitteilte. Sie wollte Holz für ein Lagerfeuer sammeln, im Garten Hürden aufbauen, um Hochsprung zu üben, einen Erkundungsgang durch das Dorf machen, auf den kleinen Berg steigen und die Ludds besuchen.

Joe und Großmutter hörten schweigend zu, während Minnas Liste immer länger und ihre Vorhaben immer kühner wurden. Als Minna eine Pause machte, um Luft zu holen, konnte Großmutter sie endlich unterbrechen. „Das wirst du nicht alles an einem Tag schaffen, Minna."

„Kann sein, aber womit soll ich dann anfangen?", fragte sie.

Joe schlug vor, mit dem Holzsammeln zu beginnen. Das war etwas, bei dem er mitmachen konnte.

„Okay“, sagte Minna gönnerhaft. „Dann fangen wir im Garten hinter dem Haus damit an.“

Kaum hatten sie das Frühstücksgeschirr vom Tisch geräumt, rannte Minna auch schon nach draußen, wirbelte Blätter durcheinander, stürzte sich auf jedes herumliegende Zweiglein und warf es in einen Karton. Doch sie hatte bald genug davon und kletterte auf den Apfelbaum, bis ganz nach oben. Dort entdeckte sie ein Dutzend Äpfel, die nicht heruntergefallen waren, und bombardierte Joe damit.

Als sie wieder heruntergeklettert war, musste Joe noch wie ein Wilder durch den Garten rennen, um sie zu fangen. Irgendwann hatte Minna jedoch zum Glück genug und machte einen Handstand auf der Steinmauer.

„Schau!", rief sie aus ihrer umgekehrten Position. „Die Mauer ist so breit, dass ich sogar auf den Händen darauf gehen kann."

„Oh", sagte Joe nur. Ihm war nicht ganz wohl bei dem Gedanken, sie könne in den Garten des Monsters fallen.

Und genau in diesem Augenblick traten zwei Männer aus der Hintertür des Nachbarhauses. Sie trugen Helme und orangefarbene Jacken. Während sie an den sauber gezogenen Reihen der Kohlköpfe und Brokkoli vorbeigingen, brummten sie etwas mit tiefer, unfreundlicher Stimme.

Minna sprang schnell von der Mauer. Als die Männer zielgerichtet auf den Eulenbaum zusteuerten, hielt Joe erschrocken die Luft an. Der Baum flüsterte aufgeregt, doch Joe konnte die Botschaft nicht verstehen. Er spürte nur, dass der Baum Angst hatte, denn jedes einzelne seiner goldenen Blätter zitterte.

Dann standen die Männer unter den ausladenden Ästen und blickten hinauf in das unruhige Blattwerk. Einer holte ein metallenes Maßband aus der Tasche und legte es um den dicken, grauen Stamm. Das tat er so unvorsichtig, als habe der Baum keinerlei Gefühle.

„Was machen die da?“, fragte Joe seine Schwester fast lautlos. Er spürte, dass die Männer feindlich gesinnt waren.

Minna zuckte mit den Schultern. „Keine Ahnung. Fragen wir Großmutter“, sagte sie.

Mit Großmutter Diamond war etwas geschehen. Joe und Minna sahen sie am Küchentisch sitzen und mit glitzernden blauen Augen auf ihre verschränkten Hände starren.

„Was ist, Oma?“, fragte Joe. „Ist etwas passiert?“

Es dauerte ein Weilchen, bis Großmutter Diamond sich wieder so weit gefasst hatte, dass sie sagen konnte: „Er lässt den Eulenbaum fällen.“

„Das Monster?“

„Das Monster, ja“, antwortete Großmutter Diamond. „Genau das ist er – ein Monster! Er hat schon früher mal davon gesprochen, aber ich hätte nie gedacht, dass es ihm Ernst damit ist. Aber nun steht es fest. Am nächsten Freitag kommen sie mit Sägen und Leitern und was weiß ich noch ... Der Feigling brachte es nicht über sich, es mir direkt ins Gesicht zu sagen, deshalb hat er angerufen. ‚Der Baum wird vermutlich auf das offene Feld fallen‘, hat er gesagt, ‚aber halten Sie die Kinder an dem Tag besser aus Ihrem Garten fern, für alle Fälle.‘ Ich flehte ihn an, es nicht zu tun. ‚Der Baum stört Sie doch nicht‘, habe ich gesagt. ‚Er macht Ihnen doch keine Probleme. Es ist ein guter Baum, ein wunderschöner Baum. Der Garten wird kahl aussehen ohne ihn ... die Welt wird nicht mehr dieselbe sein.'"

„Und was hat er geantwortet?" Minna setzte sich neben sie.

„Es hat ihn nicht die Bohne interessiert. Er tat so, als hätte er nichts gehört. ‚Der Baum wirft einen Schatten auf mein Gemüsebeet', hat er gesagt. ‚Ich kann meine Zwiebeln, Salatköpfe, Erbsen und Blumen nicht noch weiter weg von ihm anpflanzen. Und der Baum nimmt ihnen das Wasser weg.'"

„Das stimmt schon", sagte Minna. „Es gibt nicht viele Blumen im Garten hinter seinem Haus."

„Minna, wie kannst du es wagen!", rief Großmutter empört aus. „Dafür hat er *vor* dem Haus jede Mengen Blumen!"

In diesem Moment hörte man ein Klopfen an der Haustür. Und Minna stürmte davon, erleichtert, Großmutters finsterem Blick entkommen zu können.

Joe hörte Jungenstimmen im Flur und wenig später Minna, die sagte: „Nein, Joe würde das nicht gefallen. Er hat Höhenangst."

Sie kam mit den Ludd-Zwillingen in die Küche und fragte, ob sie mit zu ihnen gehen dürfe.

„Hm ...“ Großmutter schien unschlüssig.

„Bitte“, bettelte Minna.

„Wir wohnen doch nur eine Straße weiter“, sagte Jan. „Und wir bringen Minna in einer Stunde auch wieder zurück.“

„Und ihr bleibt bei euch zu Hause und geht nicht woanders hin?“, fragte Großmutter die Zwillinge.

„Wir haben ein Baumhaus im Garten“, erklärte Roger voller Stolz. „Wir wollen nirgendwo anders hin.“

Schließlich gab Großmutter ihre Erlaubnis, und Minna und die Jungen eilten davon und redeten alle aufgeregt durcheinander. Joe hatten die Zwillinge keines Blickes gewürdigt. Es war, als ob er Luft wäre für sie.

„Wahrscheinlich denken sie, du bist noch zu klein, um mit ihnen zu spielen", versuchte Großmutter Diamond Joe zu trösten und lächelte ihn an.

„Sie wollen mich nicht dabeihaben", sagte Joe. „Und selbst wenn – ich hätte sowieso keine Lust gehabt." Das entsprach nicht ganz der Wahrheit. Nur das mit dem Baumhaus gefiel ihm nicht so recht. „Ich habe immer Angst, dass ich irgendwo herunterfalle, Oma", gestand er ihr. „Warum eigentlich?"

„Jeder hat vor irgendwas Angst", antwortete sie.

„Minna nicht."

„Doch, bestimmt, und irgendwann wirst du es herausfinden."

Großmutter Diamond erhob sich und trat ans Fenster. Sie schaute hinaus auf den Eulenbaum. Ihre hellen Augen wanderten an

jedem einzelnen Ast entlang, als wäre sie auch diesmal von neuem überrascht über seine Größe und seine Kraft. „Wie kann dieses Monster ihn nur umbringen wollen?“, murmelte sie. Und Joe glaubte, ein leises Knacken zu hören, irgendwo tief in ihr, wie wenn ein Diamant zerbräche.

„Wie soll ich nur ohne ihn weiterleben?“, sagte sie leise. „Die Landschaft wird ganz anders aussehen und mein Garten auch. Und die Wolken werden alle über mich hereinbrechen.“

Joe stellte sich eine Armee von Gewitterwolken vor, die über die schutzlose Landschaft fegte, ohne dass etwas sie hätte aufhalten können. Er schloss die Augen und sah den Baum fallen, hörte seinen Todesseufzer. Doch als er die Augen wieder öffnete und blinzelte, stand der Baum noch genauso da wie vorhin. Er wirkte sogar sehr lebendig.

„Gib noch nicht auf, Oma“, sagte Joe. „Vielleicht können wir den Baum retten.“

Großmutter Diamond ließ die Schultern hängen. „Nein, Herrn Steins Entschluss steht fest.“ Sie selbst sah plötzlich auch ein bisschen welker aus. Ohne den Eulenbaum würde sie vielleicht bald immer schwächer werden, verdorren. „Wie können wir ihn retten, Joe?“, fragte sie.

Das konnte Joe auf die Schnelle natürlich nicht sagen. Er würde zu dem Monster gehen müssen. Er würde ihm in die Augen blicken müssen, in Augen, die vielleicht wie die eines Drachen aussahen, lähmend und Furcht einflößend. Und er würde das Monster dazu bringen müssen, seine Meinung wieder zu ändern. Doch leider war Joe nicht gut darin, andere zu etwas zu überreden und Dinge zu erklären. Minna würde ihm dabei helfen müssen.

Gerade eben hatte die Sonne noch geschienen, doch nun prasselten Regentropfen an die Fensterscheiben, und ein boshafter Wind zupfte und zerrte an den Blättern des Eulenbaums.

„Ich werde dich retten“, murmelte Joe. „Ehrenwort.“

Bleich wie Elfenbein

Eine Stunde später brachten die Zwillinge Minna zurück. Sie kamen in die Küche gestürmt, wo Joe gerade für Großmutter Zwiebeln klein hackte. Er sah sie nur durch einen Nebel von Tränen und wischte sich hastig über das Gesicht. Doch nach einem fröhlichen „Bis dann, Minna“ waren die Zwillinge auch schon wieder verschwunden. Joe hatte nicht einmal die Zeit gehabt, ihnen seine feuchten, roten Augen zu erklären.

„Es ist wegen der Zwiebeln“, sagte Joe zu Minna, damit sie nicht etwa annahm, er habe geweint. „Was habt ihr bei den Ludds gemacht?“

„Wir saßen oben in ihrem Baumhaus und haben gespielt, dass wir Kobolde und Zauberer sind.“

„Ist es hoch, das Baumhaus?"

„Ja, wahnsinnig hoch. Wir mussten an einem Seil mit Knoten hinaufklettern. Dir hätte es nicht gefallen, Joe."

„Vielleicht doch", antwortete er. Doch schon bei dem Gedanken, an einem Seil zu schaukeln und dabei den Boden tief unter sich zu sehen, wurde ihm leicht schwindelig.

Großmutter Diamond stand am Herd und rührte bedächtig in einem Topf. Als Minna etwas zu ihr sagte, schien sie nichts zu hören. Und als Minna ihr auf die Schulter tippte, zuckte sie mit einem leisen Aufschrei zusammen und ließ den Kochlöffel fallen.

„Alles in Ordnung, Oma?“, fragte Minna, als sie den Kochlöffel wieder aufhob. „Du siehst so ... merkwürdig aus.“

„Natürlich ist alles in Ordnung“, antwortete Großmutter unwirsch. Sie stellte den Kochtopf geräuschvoll auf die Spüle und verließ die Küche.

„Was ist mit ihr los?“, fragte Minna unschuldig. „Sie hat doch sonst nie schlechte Laune.“

„Es ist wegen des Baums“, erklärte ihr Joe. „Und wegen des Monsters.“

„Wieso sollte sie sich wegen eines alten Baums so komisch benehmen?“

Joe wunderte sich über seine Schwester. „Das Monster will ihn fällen lassen. Hast du nicht zugehört, als Oma es uns erzählt hat?“

„Na ja, er wächst schließlich nicht in ihrem Garten“, meinte Minna gleichgültig. „Was macht es ihr da schon aus?“

„Er bedeutet alles für sie“, sagte Joe. „Sie sieht den Baum durch ihr Fenster. Sie sieht ihn den ganzen Tag über. Sie schaut ihn an, wenn sie allein ist ... und er spricht mit ihr.“

„Du redest Unsinn, Joe.“ Minna tänzelte durch die Küche, nahm sich einen Keks, trommelte mit den Fingern auf dem Küchenschrank und ließ eine Schublade klirren. Joe verspürte nicht übel Lust, sie an die Wand zu kleben oder ihre Füße auf den Fußboden. Er wunderte sich selbst, wie wütend und hilflos er sich fühlte. Er musste Minna dazu bringen, die Sache ernst zu nehmen.

„Ich werde zu dem Monster gehen“, sagte er. „Vielleicht noch heute Nachmittag. Kommst du mit?“

„Nö, ich habe etwas Besseres vor“, antwortete sie gelangweilt.

„Ha, du hast Angst."

„Quatsch, ich habe keine Angst."

„Hast du doch!"

„Joe, du weißt ganz genau, dass ich keine Angst habe." Endlich hörte Minna auf, durch die Küche zu hüpfen. „Ich habe nur keine Lust, einen doofen alten Mann zu besuchen, nur weil er einen Baum fällen will."

„Du fürchtest dich vor seinem Gesicht und davor, dass er dir etwas tun könnte."

„Hör sofort auf damit, Joe!" Seine Schwester wandte sich unwillig ab. „Du bist es, der Angst hat, und nicht ich!" Diese verächtlichen Worte drangen durch die offene Tür, als Minna schon die Treppe hinaufstürmte.

Joe kauerte sich auf einen Stuhl. All seine mutigen Vorsätze schmolzen dahin. Doch wenig später sah er Großmutter Diamond unter dem Eulenbaum Brotkrumen ausstreuen und mit einem Gesicht so bleich wie Elfenbein zum Himmel hinaufblicken. Und er begriff, dass er etwas unternehmen musste.

Er entschied sich für den späten Nachmittag. Dann wäre es fast schon dunkel, aber doch noch hell genug, um den Weg zur Haustür des Monsters zu finden.

Und wenn er draußen im dämmerigen Garten blieb, würde ihn das Monster vielleicht nicht richtig sehen. Und das abstoßende Gesicht des Monsters wäre vielleicht nicht so Furcht einflößend.

Großmutter war neben dem Feuer eingeschlafen, als Joe aus dem Haus schlüpfte. Minna war oben in ihrem Zimmer und hörte Musik. Leise zog Joe die Haustür hinter sich zu und ging über den Gartenweg. Ganze Blätterwolken wirbelten spiralförmig von den Ästen einer Eberesche, und die braune, samtige Erde dämpfte seine Schritte. Als Joe an der Gartentür des Monsters ange-

langt war, nahm er einen großen Atemzug der frischen Herbstluft und hoffte, sie würde ihm Mut verleihen. Und schon befand er sich auf dem gepflegten Steinweg, der zur Haustür des Monsters führte.

Bald stand Joe vor einem Türklopfer aus Messing, der die Form eines Löwenkopfs hatte, doch er brachte es nicht über sich, ihn anzufassen. Deshalb trat er noch einmal einen Schritt zurück und betrachtete die Fenster. Das Haus lag im Dunkeln, sein Besitzer machte vielleicht gerade ein Nickerchen. Wie hätte Joe es wagen können, ein schlafendes Monster zu wecken? Dessen Zorn würde fürchterlich sein.

Doch Joe gab nicht auf – noch nicht. Er schlich um die Hausecke zu einem der seitlichen Fenster, durch das ein Lichtschein fiel. Joe tastete sich vorsichtig näher und starrte durch den Spalt zwischen zwei schweren Vorhängen. Sein Gesicht berührte fast die Fensterscheibe, und die Einzelheiten des Raums dahinter wurden klarer.

Joe sah einen offenen Kamin, eine Wand

mit vielen Bildern und auf einem kleinen Tischchen die Fotografie eines Jungen in einem Silberrahmen. Auf jedem der Bilder an der Wand war ein Flugzeug zu erkennen. Einige waren kleine, silberne Flugzeuge, die entweder abhoben, im Sturzflug waren oder sich eine Schlacht lieferten. Auf anderen waren Jagdbomber abgebildet und junge Piloten in Lederjacken und Helmen. Auf einem der Bilder sah man ein Flugzeug mit brennendem Schweif vom Himmel stürzen. Die Flammen waren in leuchtenden Farben gemalt.

Joe war so fasziniert von den Bildern, dass er den Mann in dem Zimmer erst bemerkte, als dieser sich in seinem Sessel vorbeugte, um das Feuer zu schüren. Vor Angst, gleich das Gesicht des Monsters zu erblicken, kniff Joe schnell etwas die Augen zu. Aber der Mann saß mit dem Rücken zum Fenster. Alles, was Joe sehen konnte, war ein zerzauster, grauer Haarschopf, dem ein Frisörbesuch gut getan hätte. Die Haare ringelten sich über den Kragen einer schäbigen Strickjacke.

Joe ließ sich noch einmal ganz genau durch den Kopf gehen, was er sagen wollte. Seine Zuversicht wuchs. Vielleicht würde sein Vorhaben doch nicht so schwierig sein. Doch dann hievte sich das Monster aus dem Sessel und wurde größer und größer. Sein Schatten wanderte an der Wand hinauf und verdüsterte die eben noch schimmernden Scheiben der Bilderrahmen. Und dann wandte sich das Monster zum Fenster, und Joe taumelte mit einem leisen Aufschrei zurück.

In geduckter Haltung schlich sich Joe von dem Haus weg und hoffte inständig, dass er nicht entdeckt würde. Als er die Hausecke erreicht hatte, rannte er mit klopfendem Herz davon, über den düsteren Rasen in Richtung des Gartentors.

Auf dem Gehweg angelangt, hörte er hinter sich eine tiefe Stimme bellen: „Ist da jemand?“

Schrei in der Dunkelheit

Joe warf sich in einen Haufen alten Laubs und kniff die Augen zu. Er stellte sich vor, es gäbe ihn gar nicht, sodass ihm nichts passieren konnte.

Doch ihm war niemand gefolgt. Keine schweren Schritte trampelten den Gartenweg des Monsters entlang. Abgesehen von einem leisen Rascheln neben Joes Kopf war alles ruhig. Er erstarrte, als ein warmer Lufthauch über seine Stirn strich. Joe hob die Hände, um sein Gesicht zu bedecken, und berührte plötzlich etwas Feuchtes, Raues. Erschrocken stieß er einen gedämpften Schrei aus.

„Aus, Ludwig!", rief eine Stimme, die noch sehr jung klang.

Joe öffnete die Augen und sah einen struppigen, schwarzen Hund und einen Jungen vor sich stehen. Der Junge war recht klein und kam ihm irgendwie bekannt vor.

„Ludwig ist nur neugierig", sagte der Junge. „Er tut nichts."

Joe rappelte sich auf und kam sich dabei ziemlich dämlich vor. Nun konnte er den anderen Jungen etwas besser sehen. „Bist du nicht Alex?", fragte er.

Der Junge nickte.

„Und dein Hund heißt also Ludwig?"

„Ja, weil wir doch mit Familiennamen Ludd heißen. Das ist ein passender Name für unseren Hund, findest du nicht auch?"

Joe fühlte sich auf einmal groß und verantwortlich. „Es ist schon fast dunkel. Weiß deine Mutter, wo du bist?"

Alex wich der Frage aus. „Ludwig brauchte noch Bewegung", erklärte er. „Und keiner wollte mit ihm Gassi gehen."

„Soll ich dich nach Hause begleiten?"

„Warum hast du da in den Blättern gelegen?", entgegnete Alex, der selbst offensichtlich nicht gern auf Fragen antwortete. „Hast du dich versteckt?"

„Ja, so ähnlich", gab Joe zu.

„Vor dem Monster?" Alex marschierte los, und Joe eilte ihm nach.

„Eigentlich war es ein Spiel." Joe hatte den Jungen inzwischen eingeholt und ging nun neben ihm her. Ludwig rannte voraus und schleifte seine Leine durch die Blätter hinter sich her.

„Es war ein gefährliches Spiel, nicht wahr?", fragte Alex ernst.

„Ja“, antwortete Joe. „Es geht um Leben und Tod.“ Und schon erzählte er Alex die ganze Geschichte von Großmutter Diamond und dem Baum, der ihr so viel bedeutete. „Ich habe keine Ahnung, wie ich das Monster davon abhalten kann, den Eulenbaum umzubringen“, meinte er. „Und meine Oma sagt, sie könne nicht ohne ihn leben.“

„Ist sie schon alt?“

„Sehr alt. Weißt du, sie ist eigentlich unsere Urgroßmutter. Ich glaube, der Eulenbaum spricht mit ihr, aber meine Schwester hält das für Unsinn.“

„Ich nicht“, sagte Alex.

Die beiden Jungen waren mittlerweile am Vorgarten der Ludds angekommen, und Ludwig saß vor dem Gartentor und winselte, um hineingelassen zu werden. Als Alex seine Hand auf die Klinke legte, drückte sich der Hund auch schon mit der Schnauze durchs Tor und rannte auf das Haus zu. Doch Alex blieb noch stehen und blickte Joe an. Es war inzwischen so dunkel geworden, dass Joe sein Gesicht kaum sehen konnte.

„Hat der Baum auch schon mit dir gesprochen?“, fragte Alex leise.

„Nein, noch nicht“, antwortete Joe.

„Ich bin gespannt, ob er es tut“, murmelte Alex, ehe er sich umdrehte und zur Haustür ging. Er musste sich auf die Zehenspitzen stellen, um die Klingel zu erreichen. Eine Frau öffnete die Tür, zog ihn ins Innere und redete mit hoher, besorgter Stimme auf ihn ein.

Als Joe zu Großmutter Diamonds Haus zurückging, sah er einen großen, weizengelben Mond am Himmel stehen. Joe begann zu laufen und hoffte, der Mond würde so

bleiben, denn dann konnte er ihn Großmutter zeigen, und das würde sie vielleicht ein bisschen aufheitern.

Als er das Haus betrat, war Minna am Telefon und erzählte ihrem Vater gerade von dem Baumhaus der Ludds. Als Joe an ihr vorbeiging, hörte er seinen Vater sagen: „Mein kleiner Wildfang!“ Wildfang war sein Spitzname für Minna. Manchmal wunderte sich Joe darüber, dass er selbst nicht auch einen Spitznamen hatte. Er war einfach nur Joe.

Großmutter zeigte kein großes Interesse an Joes Mond. „Willst du nicht mit deinem Vater sprechen?“, fragte sie.

„Ach, Minna braucht bestimmt noch ewig“, antwortete Joe. „Komm doch mit und schau dir den Mond an, solange ich noch warten muss, bis ich an der Reihe bin.“

Da erst lächelte Großmutter. „Na schön, Joe“, sagte sie.

Er rannte voraus, an Minna vorbei, die von einem Bein auf das andere hüpfte und immer noch wie ein Wasserfall redete, und riss die Haustür auf. Der weizengelbe Mond war zwar schon höher gestiegen, doch um ihn in seiner vollen Pracht zu sehen, musste man bis zur Straße gehen. Als Joe an der Gartentür ankam, drehte er den Kopf und sah Großmutter auf den Stufen stehen, auf einen Stock gelehnt. Er hatte sie noch nie mit einem Stock gesehen, und ihn überkam ein kaltes, unheimliches Gefühl. Schnell lief er zurück zu ihr. „Der Mond steigt noch höher“,

sagte er. „Bald kannst du ihn von der Haustür aus sehen."

Minna brüllte von drinnen, dass sein Vater mit ihm sprechen wolle. Auch nachdem Joe den Hörer in der Hand hatte, behielt er Großmutter im Auge. Sie kam ihm etwas verwirrt vor, nicht so lebhaft wie sonst.

Die Stimme seines Vater sagte: „Hallo Joe!"

„Hallo Papa!"

„Na, mein Junge, alles in Ordnung? Ich kann dich kaum hören."

Wie konnte Joe jemandem, der so weit weg war, erklären, dass es mit Großmutter nicht zum Besten stand? Wie konnte er seinem Vater von einem Baum erzählen, der Großmutter so viel bedeutete, dass sie ohne ihn vielleicht verwelken würde? Doch Joe versuchte es trotzdem.

„Ja, alles in Ordnung. Aber weißt du, da ist dieser Baum, den Großmutters Nachbar fällen möchte. Er ist ein richtiges Monster, Papa!"

„Der Baum?"

„Nein, der Mann von nebenan. Ich weiß nicht, wie ... wie ich ..."

„Frag Minna, Joe. Ihr wird schon was einfallen."

Joe konnte seinem Vater doch nicht erzählen, dass Minna sich kein bisschen für den Baum interessierte.

„Das Baby müsste nun jeden Tag kommen", fuhr sein Vater fort. „Mama lässt dich ganz herzlich grüßen. Sie hat gesagt, du sollst dir ein paar Namen ausdenken."

„Ich?" Joe war mehr als überrascht.

„Ja, du, Joe. Deinen Namen durfte Minna aussuchen. Nun bist du an der Reihe."

Joe wusste nicht recht, wie er diese Neuigkeit aufnehmen sollte. Er wollte etwas sagen, damit Papa wusste, wie sehr er sich darüber freute. Doch Großmutter gab ihm ein Zeichen, und deshalb sagte er nur: „Tschüss, Papa. Oma will noch mit dir reden." Dann machte er sich auf die Suche nach seiner Schwester.

Minna saß mit Kopfhörern auf ihrem Bett.

Zuerst tat sie so, als würde sie Joe nicht bemerken. Aber als sie einsah, dass er nicht gehen würde, ehe sie nicht mit ihm gesprochen hatte, nahm sie unwillig die Kopfhörer ab und fragte: „Was ist?“

„Ich soll mir ein paar Namen ausdenken“, sagte Joe, „für das Baby. Mir fallen aber nur Jungennamen ein, keine Mädchennamen.“

„Ist doch nicht *mein* Problem“, sagte Minna lässig. „Meinetwegen können sie das Baby Fiffi nennen.“

„Fiffi? So heißen doch nur Hunde.“

„Das war auch nicht ernst gemeint, du Dummkopf. Lass dir eben etwas einfallen. Oder frag Oma.“

Großmutter Diamond war wieder in der Küche. Draußen, über dem Garten, lag eine schwere, geheimnisvolle Dunkelheit. Zu sehen war nichts, denn der Mond stand noch nicht hoch genug. Doch Joe wusste, dass Großmutter ihre Augen auf den Eulenbaum gerichtet hatte. „Was kann ich nur tun?“, murmelte sie.

Joe schämte sich. Warum hatte er es nicht geschafft, an das Fenster des Monsters zu klopfen und zu sagen, was er auf dem Herzen hatte? Er wusste, dass er es nun nicht mehr über sich bringen würde. „Wenn ich mutiger wäre, könnte ich den Baum retten“, sagte er. „Aber ich habe zu große Angst, Oma. Ich werde nie mutig sein.“

Großmutter Diamond nahm ihn in den Arm und drückte ihn an sich. „Leute, die Angst haben, sind manchmal die mutigsten von allen“, sagte sie. „Und außerdem bleiben uns noch vier Tage, um uns etwas zu überlegen.“

Vier Tage. Sie hatten also noch Zeit. Als Joe sich zum Schlafengehen fertig machte, grübelte er erneut darüber nach, wie er den Baum retten könnte. Doch es schien keine

Lösung zu geben. Vielleicht würde der Eulenbaum endlich zu ihm sprechen. Joe öffnete das Fenster. Er starrte in die Nacht und fragte: „Was kann ich tun? Bitte, sag es mir!“

Ein mysteriöser Ton drang durch die Luft, ein weiches und doch eindringliches Flüstern. „Joe ... oh ... oh ... oh!“ Dieser Ton stieg an und fiel wieder, war mal entfernt, mal ganz nah an seinem Ohr, eine alte Stimme, geheimnisvoll und weise.

„Ich kann dich hören“, rief Joe. „Sag mir, wie ich dich retten kann!“

Doch aus der Dunkelheit drang nun ein ganz anderer Laut. Ein Schrei, der Joe vor Angst zitternd rückwärts taumeln ließ. Noch schlimmer waren die geisterhaften Umrisse, die am Fenster vorbeiglitten.

Hoch oben im Baum

„Oma!“, rief Joe. „Minna! Oma!“

Die beiden kamen sofort angerannt und stießen unter der Tür zusammen, Großmutter Diamond völlig außer Atem und Minna mit gefurchter Stirn.

„Da draußen ist ein Gespenst!“, stammelte Joe. „Ein bleiches, schreckliches Gespenst.“

Minna schaute aus dem Fenster. „Tja, jetzt ist es jedenfalls weg“, sagte sie.

„Vielleicht war es das Mondlicht“, schlug Großmutter vor. „Oder einfach nur Blätter, die vorbeiwirbelten.“ Sie schloss das Fenster wieder und zog die Vorhänge zu.

„Was immer es auch war, Joe, es ist draußen, und du bist hier drinnen. Es kann dir nichts anhaben.“

„Es hat geschrien“, flüsterte Joe.

„Du hast dich im Tag geirrt, Joe. Halloween ist schon vorbei.“ Mit einem abfälligen Kichern verschwand Minna wieder in ihrem Zimmer.

Großmutter Diamond brachte Joe ins Bett zurück, deckte ihn zu und löschte das Licht. Sie ließ seine Tür offen, damit sie ihn hörte, falls er noch einmal rufen würde. Doch sie ging so langsam, dass Joe nicht annahm, dass sie im Notfall rechtzeitig zur Stelle wäre.

In dem Zimmer auf der anderen Seite des Flurs zog Minna ein leicht verknittertes Blatt Papier unter ihrem Kissen hervor.

Darauf standen fein säuberlich zwölf Namen untereinander, Mädchennamen. Sie hatte sie für Joe aufgeschrieben, doch ihr selbst kamen sie wie Wörter eines bösen Zaubers vor. Sie wünschte sich nichts sehnlicher, als dass Mama noch einen Jungen bekäme. Falls nicht, wäre sie, Minna, dazu verdammt, sich für alle Ewigkeit als Wildfang aufzuspielen. Und irgendwie hatte sie diese Rolle satt. Sie wollte jemand anderer sein, jemand, der so klug und musikalisch war wie ihre Freundin Lucille.

Insgeheim sehnte Minna sich danach, in einem Weihnachtsspiel ein Engel zu sein. So einer wie der über ihrem Bett. Aber wer sollte dann in der Familie die Rolle des Wildfangs übernehmen? Bestimmt nicht Joe, der sich nicht einmal traute, auf einen Baum zu klettern!

Minna schob die Liste mit den Namen wieder unter ihr Kissen und ging ans Fenster, um die Vorhänge zuzuziehen. Doch mit einem Mal bemerkte sie undeutlich einen blassen Schatten draußen in der Dunkelheit. Minna sah das Schlagen von Engelsflügeln, hörte einen wilden, durchdringenden Schrei und hätte selbst um ein Haar aufgeschrien. Doch gerade noch rechtzeitig schlug sie sich die Hand vor den Mund und flüchtete in ihr Bett zurück.

Also war doch ein Gespenst dort draußen! Joes Gespenst!

Beim Frühstück am nächsten Morgen ging es ungewohnt schweigsam zu. Minna war in Gedanken versunken, und Großmutter saß mit hängenden Schultern und müdem Gesicht da. Der Nebel draußen war so dicht, dass man nicht einmal die Gartenmauer sehen konnte, und der Eulenbaum war komplett verschwunden.

Hatte das Monster den Baum über Nacht gefällt? Hatte Joe deshalb den lauten Schrei gehört? Er wagte es nicht, Großmutter zu fragen, die mit ihren Gedanken weit weg zu sein schien.

Gleich nach dem Frühstück schlich Joe sich zur Hintertür hinaus und tauchte in den weißlichen Nebel, der dahinter lag. Vorsichtig einen Fuß vor den anderen setzend tastete er sich weit in den Garten vor. Als er auch da den Baum oder die Mauer noch immer nicht sehen konnte, stolperte er weiter, voller Angst hinzufallen. Doch er wollte unbedingt wissen, was hinter der Wand aus Nebel lag. Er war fast schon am Ende des Gartens angelangt, als endlich ein großer Ast schemenhaft vor ihm im Nebel auftauchte.

Joe kletterte auf die Mauer und stellte fest, dass der Ast nun nur noch in Hüfthöhe war. Es wäre ein Kinderspiel gewesen, sich einfach hinaufzuschwingen und darauf zu sitzen. Aber irgendwie war er noch nicht so weit. Er hielt sich nur an dem Ast fest und blickte zum Wipfel des Eulenbaums hinauf, den der Nebel in eine kühle Decke eingehüllt hatte. Doch hier unten, wo sich der Stamm zum Himmel streckte, war es warm und hell. Joe konnte hunderte von Vögeln sehen: einige, die zwischen den Ästen hin und her flatterten, und andere, die gegen den Stamm hämmerten. Ein paar wenige saßen ganz still da und schauten Joe mit blitzenden, fragenden Äuglein an. Wussten sie etwas?

Aus dem Wipfel des Baums kam auf einmal ein merkwürdiges, raschelndes Gemurmel: „Hier ... hier ... hier ...“ Der Eulenbaum hatte ein Geheimnis, irgendwo in seiner Krone versteckt. Und Joe begriff, dass ihm nichts anderes übrig blieb, als es sich zu holen. Aber noch nicht gleich.

Als Joe wieder ins Haus zurückkehrte, war die Küche voller Menschen. Die Ludd-Zwillinge waren da mit ihrer Mutter. Minna warf allerlei Sachen in eine Tasche.

Mrs Ludd schien überrascht, als sie Joe erblickte. „Oh", sagte sie. „Von dir haben sie mir ja gar nichts erzählt. Bist du Minnas Bruder? Oder ..."

Minna sagte hastig: „Das ist Joe."

„Minna ist heute den ganzen Tag bei uns", fuhr Mrs Ludd fort. „Willst du nicht auch mitkommen?"

Minna und die Zwillinge waren nicht an seiner Antwort interessiert. Sie hatten sich in eine Ecke zurückgezogen und flüsterten miteinander. Joe schüttelte den Kopf.

Mrs Ludd lächelte ihn aufmunternd an. „Bist du dir sicher?"

„Ja, danke", antwortete Joe. Er musste über den Eulenbaum nachdenken und sich unbedingt etwas einfallen lassen.

Großmutter Diamond begleitete ihre Gäste nicht zur Tür. Zusammengesunken blieb sie auf ihrem gepolsterten Stuhl sitzen. „Meine Knochen wollen nicht so recht heute“, sagte sie. „Und was hast *du* vor, Joe?“

„Oh, jede Menge“, antwortete er.

Joe verbrachte den Großteil des Tages damit, zum Eulenbaum hinaufzustarren, seine Äste zu zählen und die Abstände zwischen ihnen zu schätzen.

Minna kam erst am späten Nachmittag wieder nach Hause. Sie konnte nicht genug von ihrem großartigen Tag erzählen. Als es dunkel wurde, überkamen Joe auf einmal Zweifel an seinem Plan. Doch als Großmutter Diamond sich erhob und mit einem tiefen Seufzer an den Herd stellte, spürte er, dass er nicht aufgeben durfte. Großmutter war dabei, vor seinen Augen einzugehen wie eine verwelkende Blume.

Minna war nach diesem aufregenden Tag so müde, dass sie früher als gewöhnlich zu Bett ging. Joe tat es ihr gleich und ließ Großmutter mit der Zeitung am Feuer sitzen. Aber er zog sich nicht aus, als er in seinem Zimmer war. Er setzte sich auf sein Bett und wartete auf den richtigen Zeitpunkt. Er hatte sich für die Nacht entschieden, wegen der Dunkelheit und Verborgenheit. Das Monster würde ihn nicht sehen.

Als es im Haus ruhig geworden war, schlich Joe leise die Treppe hinunter. Es war eine kalte, klare Nacht, und am Himmel funkelten unzählige Sterne. Joe hatte keinen Blick für sie übrig. Zielstrebig ging er durch den Garten hinunter zum Eulenbaum. Als er sich diesmal auf die Mauer gezogen hatte, schwang er ein Bein über den Ast, der sich ihm so einladend entgegenstreckte. Er saß wirklich und wahrhaftig auf dem Baum und spürte die raue Rinde unter seinen Händen. Seine Beine baumelten im Leeren. Voller Verwunderung stellte er fest, dass er sich kein bisschen vor dem Abenteuer fürchtete, das vor ihm lag. Schon die Berührung mit dem Baum machte alles möglich.

Joe zog die Beine hoch und kroch näher in Richtung Baumstamm.

Der Stamm schimmerte perlgrau in der Nacht, die tagsüber goldenen Blätter wirkten nun silbern. Joe fand einen Halt für seine Füße und begann zu klettern. Der Baum ließ ihm Äste unter die Füße gleiten und schwenkte sie in die Nähe seiner Hände. Langsam aber sicher arbeitete Joe sich immer weiter himmelwärts, höher und höher. Die Häuser lagen bald weit unter ihm, und er sah schmale Lichtstreifen aus den Schlafzimmerfenstern fallen.

„Hier bin ich“, sagte Joe zu dem Baum. „Also, sag mir, was ich tun kann, um dich zu retten.“ Seufzend flüsterte der Baum: „Höher ... höher ...“ Wie hoch würde er noch klettern müssen, ehe er eine Antwort bekam? Als Joe sein Ohr an den Stamm presste, vernahm er tief im Innern ein Pochen, den Herzschlag des Baums.

„Sag es mir“, bettelte Joe.

Auf einmal spürte er eine Bewegung über sich, als ob der Baum zu einer Antwort ansetzen wollte. Und dann geschah es – ein Kreischen und ein wildes, weißes Schlagen über seinem Kopf. Und Joe, viel zu verängstigt, um einen Schrei auszustoßen, fiel und fiel und fiel!

Im Garten des Monsters

Während Joe zur Erde fiel, schoben sich immer wieder kleine Äste in seine Hände. Der Baum versuchte, ihn aufzufangen. Deshalb endete Joes Sturz nicht so schlimm, wie er hätte enden können. Doch seinen erschrockenen Fingern gelang es nicht, sich an einem Ast festzuhalten, und so plumpste Joe unsanft auf den Boden.

Im ersten Moment lag er reglos da. Ein Knie und eine Schulter taten ihm weh. Vorsichtig rollte er sich auf den Rücken. Und da erkannte er, dass er auf der falschen Seite der Mauer gelandet war. Er war in den Garten des Monsters gefallen!

Joe fühlte sich zu benommen und schwach, um über die Mauer zu klettern. Er fragte sich, ob er es schaffen würde, unbemerkt am Haus des Monsters vorbeizukriechen. Mühsam rappelte er sich auf, mit noch etwas wackeligen Knien, und erblickte seinen Schatten. Doch direkt daneben sah er noch einen zweiten, langen Schatten, der unaufhaltsam näher rückte. Erschrocken drehte Joe den Kopf und erkannte das Monster.

Er wollte zu einer Erklärung ansetzen, brachte jedoch kein Wort über die Lippen.

Das Monster sagte: „Tom?"

Joe schüttelte den Kopf. Noch immer fand er keine Worte. Er war froh, dass das Gesicht des großen Mannes im Schatten lag. Das Monster machte einen Schritt auf ihn zu. Und Joe, der wie festgewurzelt dastand, wandte den Blick ab und schaute hinauf zu den Sternen, die anfingen, sich zu drehen. Und dann fiel er ein zweites Mal.

Als er die Augen wieder öffnete, wurde er gerade über Großmutters Gartenweg getragen. Eine barsche Stimme über ihm rief: „Mrs Diamond, ich habe Ihren Jungen!"

Eine verdutzte Großmutter öffnete die

Haustür. „Bringen Sie ihn herein“, sagte sie. „Oh, Joe, Joe, was hast du nur ... Du meine Güte, du meine Güte!“

Joe wurde sachte auf das Sofa gelegt. Als er endlich seine Stimme wiederfand, sagte er leise: „Tut mir Leid.“ Er blickte starr auf Großmutter Diamond und versuchte, dem Blick des Monsters auszuweichen.

Minna tauchte unter der Tür auf. „Was ist los?“, fragte sie gähnend.

„Joe ist vom Baum gefallen“, erklärte die barsche Stimme.

Da erst traute sich Joe, einen kurzen Blick auf das Monster zu werfen. Er war erstaunt, als er in ein Gesicht schaute, das aussah wie jedes andere Gesicht auch. Alt, ja, und auch faltig, aber trotzdem ganz okay. Joe konnte jedoch nur die eine Seite erkennen, vielleicht war die andere ...

„Joe klettert nicht auf Bäume“, sagte Minna. „Kann er gar nicht“, fügte sie noch hinzu.

„Und ob er das kann!“ Im Ton von Herrn Stein klang ein Donnergrollen mit, als er seinen Kopf Minna zuwandte. Joe reagierte nicht schnell genug, um wegzublicken. Und da sah er das Monster so, wie es tatsächlich aussah. Nicht hässlich und auch nicht Furcht einflößend. Die beiden Gesichtshälften passten nur nicht zusammen, das war alles. Die eine Seite war bleich, auf der anderen lag ein dunkler Schatten.

„Warum hast du das getan, Joe?“, fragte Großmutter Diamond.

Joe antwortete: „Ich dachte, der Eulenbaum würde mir vielleicht erzählen, wie ich ihn retten kann. Er weiß bestimmt viel mehr als wir, denn er ist ja schon sehr alt. Irgendwo ganz oben muss er ein Geheimnis versteckt haben.“

„Oh, Joe“, sagte Großmutter mit erschöpfter Stimme.

Und dann fiel Joe auf einmal ein, dass der

Baum ihm tatsächlich geantwortet hatte. „Ich habe sie gesehen!“, rief er strahlend. „Wisst ihr, was das Geheimnis des Baums ist – eine Eule! Eine ganz große Eule, mit hellen Flügeln und einem Gesicht wie ... wie eine Blume.“ Joe hörte, wie das Monster tief Luft holte und sah, dass es eine Faust ballte. „Oma, es ist genau, wie du gesagt hast. Es ist tatsächlich ein Eulenbaum!“

„Oh“, sagte Minna, machte dann aber rasch den Mund wieder zu.

„Eine Schleiereule“, rief Großmutter überglücklich.

„Große, helle Flügel hast du gesagt?“

„Es gibt keine Schleiereulen hier in der Gegend“, knurrte das Monster. „Sie sind schon vor Jahren weggezogen, als die alten Farmgebäude niedergerissen wurden. Schleiereulen leben bevorzugt in Scheunen.“

„Ich bitte Sie!“, sagte Großmutter verstimmt. „Auf einem der Felder in der Nähe des Dorfs wurden eigens Eulennester auf Pfählen gebaut. Letztes Frühjahr haben zwei Eulenfamilien dort genistet. Die Schleiereulen sind zurückgekommen."

„Unsinn!", widersprach das Monster.

Joe schwang die Füße auf den Boden. „Es stimmt", sagte er und blickte dem Monster direkt in die Augen. „Deshalb bin ich heruntergefallen. Die Eule hat mich angekrächzt. Ihre Flügel waren so hell und ...", er breitete die Arme aus und fuhr fort: „... und so groß. Gestern Abend flog sie an meinem Fenster vorbei. Aber ich habe gedacht, es sei ein Geist."

„Natürlich, der Schrei", sagte Großmutter. „Ha, das wäre der Beweis, Herr Stein. Schleiereulen schreien laut, nicht so leise und verhalten wie andere Eulen."

„Stimmt!" Joe beobachtete das Monster, dessen Augen die Farbe eines traurigen, grauen Meers hatten. „Sie dürfen den Baum nicht

fällen lassen, weil darin eine Eule wohnt", bettelte Joe.

„Aha, darum geht es also." Das Gesicht des Monsters verfinsterte sich. „Der Baum kommt weg, das ist mein letztes Wort."

„Aber die Eule ...", stammelte Joe.

„Hör mal, mein Junge. Wenn darin wirklich eine Eule wohnt, dann tätest du gut daran, dich von ihr fernzuhalten. Eulen sind wilde, gefährliche Kreaturen. Sie haben schon Augen ausgehackt und Gesichter zerkratzt. Eulen sind Raubtiere, keine flaumigen Schmusetiere."

„Ich habe keine Angst vor ihr", murmelte Joe.

„Solltest du aber."

„Könnten Sie es sich nicht ... noch einmal überlegen?", fragte Großmutter flehentlich.

„Gute Nacht!" Das Monster stürmte an Minna vorbei, die schnell zurückwich.

„Herr Stein!", rief Großmutter. „Ich habe mich noch gar nicht bei Ihnen bedankt ..." Sie schleppte sich in den Flur, doch das Monster war längst fort.

Als die Haustür zuschlug, fegte ein Windstoß durch das Wohnzimmer und fachte die Flammen im offenen Kamin an. Und bei ihrem Anblick dachte Joe eine Sekunde lang, ein brennendes Flugzeug und einen herausspringenden Mann zu sehen.

„Bist du echt auf den Baum geklettert?“, fragte Minna.

„Ja.“

Sie runzelte die Stirn und schüttelte kaum merklich den Kopf. „Du bist komisch, Joe. Kletterst mitten in der Nacht auf einen Baum.“ Doch als sie den Raum verließ, war der spöttische Ausdruck auf ihrem Gesicht verschwunden.

Während Minna die Treppe hinaufging, hatte sie die großen Flügel wieder vor Augen, die sie vor dem Fenster gesehen hatte. Wer weiß, vielleicht war es doch nicht ausgeschlossen, dass sie eines Tages in einem Weihnachtsspiel als Engel auftrat.

Großmutter brachte Joe eine Tasse Tee. „Das darfst du nie, nie wieder machen, Joe“, sagte sie. „Was ist nur in dich gefahren?“

„Jemand musste es tun", erklärte er ihr. „Und ich dachte wirklich, ich hätte die Lösung gefunden, Oma. Denn die Eule war doch ein Zeichen, nicht wahr, dass der Baum nicht gefällt werden darf."

„Ich fürchte, mein Nachbar sieht das etwas anders", sagte Großmutter Diamond traurig. „Es gibt keine Rettung mehr für den Baum."

Joe hätte am Boden zerstört sein sollen. Doch merkwürdigerweise war er das nicht. Er wusste, dass er sich ganz dicht an ein Geheimnis herangetastet hatte. Aber eben noch nicht nah genug. Das wirkliche Geheimnis lag in dem seltsamen, traurigen Gesicht des Monsters. Joe nahm sich vor herauszufinden, was es war.

Die Höhle des Löwen

Ein weiterer Tag verging.

Minna verbrachte viel Zeit mit den Ludds. Sie erzählte allen, dass Joe auf den Baum geklettert war. „Bis ganz nach oben“, prahlte sie, obwohl sie das gar nicht sicher wusste.

Alex kam mit Ludwig vorbei, um Joe zu besuchen. Großmutter Diamond gab ihnen Kekse, die sie unter dem Eulenbaum futterten.

„Soll der Baum immer noch gefällt werden?“, fragte Alex.

Joe antwortete: „Ich habe nur noch zwei Tage Zeit, um das Monster davon abzubringen. Morgen spreche ich mit ihm. Ich muss nur noch genügend Kraft sammeln.“

„Sag mal, hast du keinen Bammel?“

„Doch, ein bisschen schon. Aber ich gehe trotzdem.“

Am Nachmittag harkten sie die Blätter in Großmutters Garten zusammen. Sie türmten sie zu großen, raschelnden Haufen auf, in denen Ludwig mit sichtlichem Vergnügen herumtobte und sie wieder in alle Richtungen zerstreute. Auch Joe und Alex wälzten sich in den Blätterhaufen, bis sie vor Lachen kaum noch Luft bekamen.

In der folgenden Nacht hörte Joe wieder das gespenstische Schreien der Eule, doch der Himmel sah düster und leer aus. „Sie ist irgendwo da draußen“, dachte Joe, „und sie kann den Baum retten. Aber ich bin mir nicht sicher, wie.“ Im Geiste kletterte er ein weiteres Mal auf den Baum, sah die Äste und Schatten vor sich, spürte das raue Holz unter seinen Händen. Und er sah die großen Flügel und das wilde, blütenähnliche Gesicht. Und diesmal erinnerte er sich auch an die scharfen Krallen und an ein sonderbares Detail, das er schon halb vergessen hatte: einen graugrünen Ring direkt oberhalb des Fußes der Eule.

Noch beim Einschlafen grübelte Joe darüber nach, was dieser Ring bedeuten konnte. „Man legt Vögeln Ringe um, damit man ihre Spur verfolgen kann“, erklärte ihm Großmutter beim Frühstück. „Damit man weiß, wo sie brüten und wie lange sie leben.“

„Wie alt werden Schleiereulen eigentlich?“, wollte Joe wissen.

„Etwa zwanzig Jahre. Allerdings werden nicht viele von ihnen so alt. Es gibt nicht genug Futter für sie. Sie brauchen große Felder mit Mäusen, die sie jagen können.“

„Igitt!", rief Minna aus. „Übrigens, Joe, kommst du mit zum großen Herbstfeuer? Der Holzstoß wurde gestern hergerichtet. Und er ist riesig."

„Nein, ich habe schon etwas vor", lehnte Joe ab.

„Du bist ein ziemlicher Geheimniskrämer in letzter Zeit", meinte Minna.

Nach dem Frühstück war Joe mit Großmutter Diamond allein. „Ich gehe heute zum Monster", sagte er. „Ich muss ihm noch etwas erzählen."

„Das wird nichts nützen", antwortete sie betrübt. „Er lässt sich nicht umstimmen."

„Aber ich muss es zumindest versuchen!" Joe zwinkerte und streckte einen Daumen in die Luft. Großmutter musste unwillkürlich lächeln, und das verlieh ihm Zuversicht.

Diesmal ging er tapfer über den Gartenweg zum Haus des Monsters. Und als er den Löwenkopf-Türklopfer betätigte, wappnete er sich innerlich für das Gebrüll des Löwen.

Doch der Mann, der ihm die Tür öffnete, wirkte ernst und müde. „Oh, du bist's“, brummte er leise. „Was möchtest du?“

Joe schluckte. „Kann ich Sie kurz sprechen?“

Der alte Mann runzelte die Stirn. „Hm …“, meinte er und öffnete die Tür ein Stück weiter. Joe betrat einen dunklen Flur, ganz ähnlich wie der von Großmutter.

„Hier entlang, Joe.“ Die Art, wie das Monster seinen Namen aussprach, klang recht freundlich.

Dann saßen sie in dem großen Raum mit den vielen Bildern an der Wand, in den beiden Sesseln links und rechts vom Kamin.

„Nun?“, begann das Monster.

„Es geht um den Baum.“ Joe wartete auf einen Einspruch. Aber das Monster drehte lediglich leicht den Kopf, sodass nur die unversehrte Seite seines Gesichts zu sehen war. Joe blickte sich im Zimmer um und suchte nach den richtigen Worten, als sein Blick auf das Bild mit dem brennenden

Flugzeug fiel. „Meine Großmutter sagt, dass Sie ein sehr tapferer Mann sind, ein richtiger Held. Da haben Sie sicher keine Angst vor dem Fallen. Ich bin leider nicht sehr mutig. Ich habe ziemlich Angst vor dem Fallen. Glauben Sie nicht, dass der Baum auch Angst vor dem Fallen hat? Ein so großer Baum fällt sehr, sehr tief."

Das Monster zuckte nicht mit der Wimper.

„Wenn der Baum stirbt, stirbt vielleicht auch die Eule!", fuhr Joe fort. „Und wenn es keine Eule mehr gibt, gibt es auch keine Eulenbabys mehr."

„Wenn dort tatsächlich eine Eule wohnt, dann kann sie genauso gut in einem anderen Baum wohnen“, sagte das Monster.

„Warum nicht in Ihrem Baum? Meine Großmutter fürchtet sich bei dem Gedanken, ohne ihn zu sein.“

„Ha!“, machte das Monster. Doch es war kein Lachen. Dieser Mann konnte nicht einmal lächeln. Vielleicht tat ihm dabei das Gesicht weh.

Joe wusste nicht, was er sonst noch sagen konnte. Wut stieg in ihm auf, Wut auf sich selbst und auf das Monster. Und dann fiel ihm der Ring ein. „Es ist eine ganz besondere Eule“, sagte er. „Sie trägt einen Ring um den Fuß.“

Ruckartig wandte das Monster ihm sein ungleiches Gesicht voll zu. Doch statt Joe zu erschrecken, machte ihn das nur kühner. „Ich habe eine Schleiereule gesehen, da bin ich mir sicher!“ Er kickte mit den Fersen gegen die Stuhlbeine. „Und sie hatte einen Ring um. Ganz bestimmt!“

Das Monster erhob sich und überragte Joe um einiges. Joe zog den Kopf ein vor Angst, zu weit gegangen zu sein. Doch der Mann begann nur, durch den Raum zu schreiten. Dabei redete er mit langsamer Stimme, die irgendwie weit entfernt klang.

„Es gab einmal eine Eule“, sagte er. „Ein Eulenjunges, um genau zu sein. Wir fanden es nach einem Sturm neben der alten Scheune. Seine Eltern hatten das Nest im Stich gelassen. Deshalb brachten wir das Junge ins Haus, fütterten es und hielten es schön warm. Es war ein hässliches kleines Ding, nur ein Büschel schmutziger Federn. Doch Tom ließ sich nicht davon abbringen, dass wir es durchbringen müssten, und das gelang uns auch. Es wuchs zu einem wunderschönen Vogel heran. Als er fliegen lernte, befestigten wir einen Ring an seinem Fuß, damit wir ihn wiedererkennen würden, wenn er zurückkäme. Und eine Zeitlang kehrte er regelmäßig zurück. Er hauste in dem großen Baum.“ Dem Mann schienen die Worte ausgegangen zu sein. Er stand nur da und blickte aus dem Fenster zu dem hohen Baum, in dem seine Eule so oft gesessen hatte.

„Wer ist Tom?", erlaubte sich Joe zu fragen.

„Mein Enkelsohn."

„Gut, dann ist seine Eule eben wieder da."

„Das ist unmöglich."

„Nein." Joe sprang auf. „Es ist Toms Eule. Sie sollten es ihm sagen."

„Schau, Joe, das Ganze liegt fünfzehn Jahre zurück. Mein Enkel ist heute ein erwachsener Mann. Er lebt in Amerika. Und die Eule, die du gesehen hast, ist nicht unsere. Das kann nicht sein. Sie muss längst tot sein."

„Vielleicht aber auch nicht. Wenn es nicht dieselbe Eule ist, dann ist sie vielleicht ein Geist und versucht, Ihnen etwas zu sagen. Und Sie sollten darauf hören!"

Joe ging zur Tür. Es gab nichts mehr, was er hätte tun können.

Er hörte die Schritte des Monsters hinter sich, doch er blickte nicht zurück. Erst auf der Haustreppe drehte er sich um. Ihm fiel auf, wie müde und erschöpft das Monster aussah. „Es gibt etwas, das du wissen solltest, Joe. Ich hatte ungeheure Angst vor dem Fallen. Es gibt nichts, wovor ich jemals größere Angst hatte in meinem Leben."

„Sie?" Joe wunderte sich. „Aber Sie sind doch ein Held."

Das Monster zuckte nur mit den Schultern, und zu seiner eigenen Verblüffung hörte Joe sich plötzlich fragen: „Kommen Sie auch zu dem Herbstfeuer morgen? Meine Schwester sagt, es wird ein riesengroßes Feuer werden."

„Ich gehe nicht viel aus. Die Leute halten mich für eine Art Monster."

„Sind Sie aber nicht", sagte Joe, und schon rannte er über den Gartenweg. Er fragte sich, ob er zu viel oder vielleicht zu wenig gesagt hatte, um den Eulenbaum zu retten.

Joe, der Held!

Minna saß auf Großmutters Gartentür und schwang hin und her. „Papa hat angerufen“, rief sie. „Das Baby ist da, und es ist ein Mädchen.“

„Oh“, antwortete Joe und fragte sich, welche Änderungen dieses neue Geschwisterchen wohl bedeutete. „Ich weiß aber keine Mädchennamen.“

„Hier!“ Minna reichte ihm ein verknicktes Blatt Papier. „Ich habe dir zwölf Namen aufgeschrieben. Du musst nur noch einen aussuchen.“

„Danke!“ Joe nahm den Zettel entgegen, und zusammen gingen sie ins Haus. Der Wind blies ihnen Blätter ins Gesicht und zerzauste ihre Haare. Joe fragte: „Du wolltest keine Schwester, nicht wahr?“

„Doch, ich habe meine Meinung geändert."

Bevor sie das Haus betraten, tippte Minna Joe plötzlich an und fragte zu seinem Erstaunen fast schüchtern: „Würdest du es komisch finden, wenn ich mich als Engel verkleide?"

„Wie?"

„Ich meine, mit Flügeln und allem. Denkst du, ich könnte beim Weihnachtsspiel als Engel auftreten?"

„Klar könntest du", antwortete Joe.

Großmutter erzählte aufgeregt von dem neuen Baby, seinen blauen Kulleraugen und dem flaumigen blonden Haar. Doch als sie Joe anblickte, war ihr Gesicht voller Fragen.

„Ich weiß nicht, ob ich das Richtige zu Herrn Stein gesagt habe“, meinte er.

„Dann müssen wir eben abwarten, nicht wahr?“, antwortete sie.

Der Wind wurde stärker. In Großmutters Haus knarrte und klapperte es an allen Ecken und Enden. Ein Blättersturm fegte über die Felder und Wiesen, und der Himmel war mit aufgeregt flatternden Vögeln übersät. Der Eulenbaum ächzte wie ein brausender Ozean, als ihm seine roten und goldenen Blätter entrissen wurden. Aber als das Muster der kahlen Äste auftauchte, fand Joe, dass der Baum nun noch großartiger und würdevoller wirkte. Man konnte seitlich sogar eine tiefe Aushöhlung sehen, in der – möglicherweise – die Schleiereule wohnte.

„Der Wind bläst direkt durch mich hindurch“, jammerte Großmutter Diamond. „Ich fühle mich, als wäre ich völlig durchlöchert.“

Sie saß neben dem offenen Feuer, eine Decke um ihre Knie gewickelt, während Joe und Minna im Fernsehen einen Film über Elefanten anschauten.

In der Nacht hörte Joe das Schreien der Schleiereule im Wind. Man konnte es gar nicht überhören. Er fragte sich, ob Herr Stein es wohl auch hörte, oder ob er sich die Ohren zuhielt, damit ihn das Schreien nicht erreichte. Joe öffnete sein Fenster und streckte den Kopf hinaus. Als er den Hals in den Wind reckte, konnte er zu Herrn Steins Haus hinübersehen. Aus einem der Räume im Erdgeschoss fiel ein sanfter Lichtschein.

Am Ende des Gartens ächzte und wiegte sich der Eulenbaum, als trüge er eine Schlacht aus. Eine bleiche Gestalt schwang sich aus ihm empor und in die stürmische Nacht hinaus. Sie flog in den Lichtschein, der aus Herrn Steins Fenster kam. Dort hing sie wie ein gefrorener Engel mit glänzenden weißen Flügeln, ehe sie schließlich verschwand.

Joe machte sein Fenster wieder zu und ging ins Bett. Hatte Herr Stein die Eule gesehen und ihre Botschaft verstanden? Joe lag noch lange wach und lauschte auf das geheimnisvolle Pochen und Knarren, als seine Großmutter schlaflos durch ihr Haus wanderte.

Am nächsten Morgen kam sie zum Frühstück nicht herunter. Joe und Minna fanden sie in ihrem Bett, einen Schal um die Schultern gelegt. „Ich dumme, alte Frau“, sagte sie. „Ich bin zu spät ins Bett gegangen, und nun tun mir sämtliche Knochen weh.“

Die Kinder machten sich selbst Frühstück und brachten Großmutter Diamond ein Tablett mit Tee und Toasts. Doch sie hatte keinen Hunger. Ihr Gesicht war kalkweiß, und ihre dürren Hände fuhren ruhelos über die Decke. Vom Bett aus rief sie Frau Ludd an und fragte, ob Minna und Joe heute zu ihnen gehen könnten.

„Ich kann nicht“, sagte Joe. „Wenn die Leute wegen des Baums kommen, muss ich da sein.“

„Joe“, sagte Großmutter streng. „Keine Widerrede. Ich brauche Ruhe.“

Frau Ludd kam sie nach dem Frühstück abholen. Der Wind hatte sich ausgetobt, und es war ein wechselhafter Tag mit Sonnenschein, Regenschauern und Regenbögen. Roger und Jan luden Joe in ihr Baumhaus ein. Aber Joe wollte lieber mit Alex und Ludwig Fußball spielen. Ludwig könne nicht hinaufgebracht werden, sagte Alex. Und wenn sie ihn allein auf der Erde sitzen lassen würden, wäre er beleidigt.

Neben der Haustür der Ludds lag eine große Schachtel mit Feuerwerkskörpern für das abendliche Fest bereit. „Ich gehe aber nicht hin“, sagte Alex zu Joe. „Jemand muss bei Ludwig bleiben. Er hasst Feuerwerk.“

„Kann man ihn nicht alleine lassen?“, fragte Joe.

„Nein.“ Und dann gestand ihm Alex, dass er selbst auch Angst vor Raketen und Feuerwerkskörpern hatte. „Bei jedem Knall zucke ich zusammen“, sagte er, „und dann lachen mich die Zwillinge immer aus.“

„Aber ich bin doch auch dabei, und ich werde nicht lachen“, versprach ihm Joe.

Alex warf ihm nur einen zweifelnden Blick zu und gab keine Antwort.

In den Wolken am Himmel grollte der Donner laut. Joe fragte sich, ob er das Krachen hören würde, wenn der Eulenbaum umfiel. Am Nachmittag konnte er das Warten nicht länger ertragen. Er beschloss, Frau Ludd alles zu sagen. Nämlich dass seine Großmutter krank war, weil der Eulenbaum gefällt wurde, und dass er lieber bei ihr sein würde, wenn es passierte.

„Aber, Joe, das ist ja schrecklich“, sagte Frau Ludd betroffen.

„Wir kommen mit“, verkündete Roger. „Und klettern alle zusammen auf den Baum, wie manche Umweltschützer.“

„Untersteht euch!“, entgegnete Frau Ludd streng. „Ihr wisst genau, dass ihr euch von dort fernhalten sollt.“ Doch sie erlaubte ihnen, bis zum Gartentor zu gehen, damit sie sehen konnten, was geschah. Vor dem Gartentor des Monsters stand ein gelber Lieferwagen, dahinter ein riesiger Bagger.

„Wow!“, rief Jan aus. „Ein Bagger!“

„Wofür ist denn der?“, wollte Minna wissen.

„Es ist ein großer Baum“, erklärte Jan. „Und deshalb schneiden die Holzfäller zuerst die meisten Äste ab, ehe sie ihn fällen. Dann sägen sie den Stamm stückweise ab, und am Ende graben sie noch die Wurzeln aus. Dafür brauchen sie den Bagger.“

Joe wurde übel. Bis zu diesem Moment hatte er nicht wirklich geglaubt, dass es so weit kommen würde.

In dem Lieferwagen und in der Kabine des Baggers war niemand zu sehen. Roger kam auf die Idee, ins Führerhaus zu klettern und den Bagger wegzufahren, doch Minna hielt ihn davon ab. „Schau“, rief sie. „Sie kommen gerade zurück.“

Drei Männer in orangefarbenen Overalls liefen über den Gartenweg des Monsters auf sie zu. Sie sahen nicht sehr zufrieden aus. Die Kinder huschten rasch in Großmutters Garten und verschanzten sich hinter dem Gartentor.

Zwei der Männer sprangen in den Lieferwagen und fuhren davon. Der dritte stieg in den Bagger, und es dauerte eine Weile, bis er den Motor gestartet hatte. Endlich kam das große Gefährt stotternd in Fahrt und fuhr rumpelnd an den Kindern vorbei. Es war so breit, dass es fast die ganze Straße brauchte.

„Kommt, wir gehen hin und schauen, was sie getan haben“, sagte Minna.

Die Kinder marschierten um Großmutters Haus herum in den dahinter liegenden Garten. Joe ging als Letzter. Er hatte Angst vor dem, was er gleich sehen würde. Kurz bevor er um die Ecke bog, kniff er die Augen zu.

„Schaut nur!“, rief Minna aus, und Joe riss die Augen wieder auf.

Der Eulenbaum ragte majestätisch wie immer in einen glühenden Abendhimmel, seine dunklen Gliedmaßen hoben sich deutlich im Sonnenuntergang ab. Und plötzlich jubelten sie alle. Joe vergaß völlig, dass es Großmutter an diesem Tag nicht gut ging. Überglücklich stieß er die Hintertür auf und stürmte ins Haus. „Oma!“, schrie er. Und da stand sie am Herd, und ihr Gesicht war von der Wärme ganz rosig.

„Ich fühle mich schon viel, viel besser“, sagte sie strahlend.

„Der Baum – er steht noch da“, rief Joe. „Und die Männer sind schon wieder weg.“

Die anderen Kinder waren hinter ihm in die Küche getreten. „Kommen sie wieder? Warum haben sie ihn nicht gefällt?“

Großmutters Augen blitzten. „Herr Stein hat seine Meinung geändert“, berichtete sie ihnen. „Er hat mich vor etwa einer Stunde angerufen, um es mir zu sagen. Ich weiß nicht, was du ihm erzählt hast, Joe. Aber was immer es auch war – du hast den Eulenbaum gerettet.“

Roger rief: „Joe, der Held!“

Doch Joe schüttelte den Kopf. „Die Eule hat den Baum gerettet“, sagte er nur.

Herbstfeuer

An dem Abend gab es ein großes Herbstfeuer, und Ludwig war so klug gewesen, zu Hause zu bleiben. Das Krachen und Knallen des Feuerwerks hätte jeden Hund das Fürchten gelehrt. Der Nachthimmel erstrahlte mit explodierenden Sternen. Raketen mit glühenden Schweifen zischten dröhnend über die Landschaft, und schrille, kreischende Funken in leuchtenden Farben malten spiralförmige Kreise in die Dunkelheit.

Joe und Alex standen ziemlich weit hinten in der Menschenmenge. Und obwohl Alex zwar ein paar Mal nach Luft schnappen musste, blieb er tapfer auf einem Fleck stehen und hielt sich kein einziges Mal die Ohren zu.

Gegen Ende des großen Feuerwerks blickte Joe zufällig einmal zum Feldweg hinüber. Zwei Gestalten standen im Dunkeln neben der Hecke, eine große und eine kleine. Großmutter und Herr Stein? Dann drehten sie sich wieder um und gingen davon, noch ehe Joe sich ganz sicher war. Und als er seine Großmutter später fragte, ob sie das Feuer gesehen habe, antwortete sie: „Um die Wahrheit zu sagen, wir schauten nur kurz vorbei. Aber ich hätte es mir um nichts in der Welt entgehen lassen."

Bevor sie zu Bett gingen, rief Großmutter Joe und Minna noch in ihr Zimmer. „Schaut!“, sagte sie. „Schnell, bevor sie wieder weg ist!“

Sie rannten ans Fenster, drückten ihre Gesichter gegen die Scheibe, und da sahen sie die elfenbeinfarbenen Flügel der Schleiereule über dem mondbeschienenen Garten dahingleiten.

„Sie ist auf der Jagd“, flüsterte Großmutter Diamond.

Die Eule setzte plötzlich zu einem Sturzflug an, verschwand im hohen Gras, tauchte gleich danach wieder auf und schwang sich davon. Dann glitt sie wieder näher, machte einen eleganten Bogen und ließ sich auf einem der oberen Zweige des alten Baums nieder. Dort thronte sie nun und machte sich in aller Ruhe über ihre Beute her. In diesem Moment sah Joe Herrn Stein in seinem Garten stehen und auf den Eulenbaum blicken.

Und diesmal hatte der Eulenbaum keine Angst vor ihm.

Jenny Nimmo wurde in Windsor, Berkshire, geboren. Nach ihrem Schauspielstudium spielte sie Theater für Kinder und arbeitete anschließend beim Rundfunk. Jenny Nimmo hat bereits viele Bücher geschrieben, die in verschiedene Sprachen übersetzt und mit namhaften Preisen ausgezeichnet wurden. Zahlreiche ihrer Geschichten wurden fürs Fernsehen verfilmt. Sie lebt mit ihrem Mann in Wales und hat drei Kinder.

Isabelle Dinter, 1963 geboren, studierte nach dem Abitur Kartographie und Vermessunstechnik an der Fachhochschule in München. Nach dem Studium arbeitete sie zunächst als freie Mitarbeiterin in einer Werbeagentur, bis sie für verschiedene Verlage zu illustrieren begann.
Isabelle Dinter lebt mit ihrem Mann und ihrer kleinen Tochter in München.

LESEKÖNIG

Loewe